DRAGON DE FEU

Ce conte s'inspire de plusieurs légendes chinoises

Avec tous mes remerciements à Francine Arakelian pour sa participation à ce livre

Première édition dans la collection *lutin poche* : juin 2003

Loi numéro 49 956 du 16 juillet 1949 sur les publications
destinées à la jeunesse : mars 2000
Dépôt légal : juin 2003
Imprimé en France par Pollina à Luçon - n° L89894

CHEN JIANG HONG

DRAGON DE FEU

Le grand-père de Dong-Dong lui raconte une histoire

ARCHIMÈDE

lutin poche de l'école des loisirs

11, rue de Sèvres, Paris 6e

LE JEUNE DONG-DONG pense souvent au « Grand Dragon », son cerf-volant perdu lors d'un vol au-dessus de la Cité interdite*, et qu'il a fallu remplacer . . .

Un beau jour, il lui vient cette question : « Au fait, qu'est-ce que c'est au juste qu'un dragon ? »

Son grand-père lui répond : « Un dragon peut déclencher le tonnerre, souffler le feu, libérer les vents et déchaîner la tempête. Il peut faire aussi tomber la pluie. »

Et sa grand-mère ajoute : « Un dragon a une tête de lion avec des cornes de cerf et des yeux de tigre, un corps de serpent couvert d'écailles et des pattes griffues comme celles d'un aigle. Il est le symbole de la force, de la chance et du bonheur. »

« S'il vous plaît, une histoire de dragon. . . » implore Dong-Dong.

Après avoir tiré sur sa pipe, son grand-père commence : « Il était une fois, dans les temps très anciens. . . »

* voir « La légende du cerf-volant », du même auteur chez le même éditeur.

… un pays où sévissait la sécheresse. Pas une seule goutte de pluie n'était tombée depuis des années, et la rivière qui reliait le Nord au Sud n'était plus qu'un courant saumâtre.

Les animaux et les plantes mouraient de soif, la famine faisait des ravages, le peuple se désespérait.

Impuissants, les chefs des villages s'en allèrent en groupe demander son aide à l'ermite Fa Shi, qui vivait retiré sur le mont des Immortels. Il s'y nourrissait de la rosée du matin, dont il tirait de grands pouvoirs.

«Ô vénérable maître», supplièrent les villageois, «le pays n'en peut plus. Sauve-nous de ce malheur !»
Le maître accepta et dit : «Revenez dans trois jours, pour la Cérémonie d'invocation au Ciel.»

Trois jours plus tard, le maître avait convoqué beaucoup de moines et avait fait disposer des lanternes pour éclairer le chemin de l'Esprit. Les gongs et les tambours résonnaient dans la fumée des cierges et les chants sacrés. Une grande foule se pressait. S'étant recueilli, Fa Shi leva son bâton magique...

… Aussitôt le ciel se couvrit, une bourrasque se mit à souffler, un éclair zébra le firmament et au milieu des clameurs, parut le Dragon de feu.
On le pria de bien vouloir faire tomber la pluie.
Mais le Dragon, en ce temps-là, ne commandait pas à la pluie.
Il alla donc à son tour demander l'aide de l'empereur de Jade.

L'empereur soupira : « Hélas, je ne peux rien non plus. Pour faire tomber la pluie, un seul moyen : posséder une perle précieuse que détient le Dragon de la mer Orientale. »

« J'irai la lui prendre », décida le Dragon de feu.

« Je t'avertis que cette expédition est dangereuse. »

« Que m'importe ! Je donne volontiers ma vie pour sauver celle des hommes. »

Ému par cet esprit de sacrifice, l'empereur donna au Dragon les indications et les conseils utiles, auxquels s'ajoutèrent les encouragements des animaux du Palais.

Et le soir même, le Dragon s'envolait vers la mer Orientale. Son vol dura des jours et des jours, long voyage solitaire à travers les ténèbres glacées, dans le vent et la tempête.
« Je réussirai », se répétait-il.

Et il arriva un matin au royaume de la mer Orientale, dont l'entrée était gardée par des monstres marins et de terrifiants Immortels.
Le Dragon les affronta. Ce fut un violent combat, qui dura jusqu'à la nuit, mais dont il sortit vainqueur.

Sans perdre de temps, il s'enfonça vers les profondeurs sous-marines. Après quarante-neuf jours de plongée, il arriva enfin au Palais de la mer Orientale, dont la salle d'honneur était occupée par huit dragons qui dormaient chacun dans une jarre. Parmi eux, était le Dragon souverain, tenant la Perle précieuse dans sa gueule ouverte.

Le Dragon de feu s'empara adroitement de la Perle et s'enfuit avec elle par la porte sud du Palais.
Aussitôt il reprit son voyage en sens inverse, vers le mont des Immortels.

Mais à peine s'envolait-il, le Dragon de la mer Orientale s'éveilla en sursaut et surgit des profondeurs. Ivre de colère, toutes dents et toutes griffes dehors, il se dressait devant le voleur en lui barrant le passage.
« Rends-moi ma Perle, sinon je te réduis en miettes ! »
Le duel fut sans merci. Le Dragon de la mer Orientale mesurait trois fois la taille du Dragon de feu. Celui-ci, dans le combat, ne put éviter de lâcher la Perle précieuse...

Par chance, au moment où son adversaire se renversait pour l'attraper, le Dragon de feu, d'un coup de ses griffes pointues comme des poignards, put lui trancher la gorge. Le Souverain de la mer Orientale mourut sur le coup.

Blessé, affaibli, et craignant de perdre la Perle précieuse durant son retour vers le mont des Immortels, le Dragon de feu jugea prudent de l'avaler.
Dès qu'il l'eut dans son ventre, un feu violent se mit à brûler en lui.
Et, sous l'effet de la douleur, un torrent d'eau lui jaillit de la gueule, qui se répandit sur la terre en un millier de milliards de gouttes : bonne pluie rafraîchissante tant attendue par les hommes !

Une grande fierté submergea le Dragon : il avait réussi. Mais sa victoire lui coûtait cher. À bout de force, dévoré par les flammes et saignant de ses blessures, il s'abattit sur les vagues et sombra, non sans un dernier regard pour ces villageois qui lui devaient tant, et qui l'acclamaient.
Tandis que son cadavre à demi consumé s'enfonçait dans les flots fumants, un éclair embrasa l'horizon.

Grâce au sacrifice du Dragon, la sécheresse disparut, ainsi que la famine. Les paysans à nouveau purent cultiver leurs terres, les arbres recommencèrent à fructifier et la vie heureuse reprit son cours, pleine de ces fleurs et de ces parfums qui nous enchantent aux beaux jours.

Depuis ce temps-là, chaque année, au début du printemps, quinze jours après le nouvel an, les Chinois font danser des dragons de papier et de bambou, jouent du tambour et lancent des pétards. C'est leur façon de célébrer le Dragon sauveur et d'appeler sur eux la bienveillance du ciel.